승천

승천

이상귀 지음

좋은땅

뮤즈의 옷을 입기로 했다. 비록 뮤즈의
악기를 들었지만 속에는 불을 품은 다윗을
닮기로 했다. 뮤즈와 다윗의 이중창! 다윗의
궁극적 승리의 찬가!

이렇게 노래하는 이유는 이 황량한 광야
에서 다른 사람을 살리기는커녕 나를 이길
수도 없기 때문이다. 그렇지 않고서야 어찌
다윗의 자손이라 할 수 있으랴!

I 부

게르

너는
어디서 와서
어디로 가는지 아느냐

뼈대 세우고
가죽으로 덮고
속에는 불을 품고

옷가지
이부자리
밥그릇 몇 동무 삼고는

너는 오늘
누구를 위해
황량한 들판에 외로이 섰느냐

은하의 새벽
장막 걷고는
하늘의 밀어 따라

홀연히 귀향의 꿈 꾸고 있느냐

흰옷 입은 내 사람아

조장鳥葬

죽음을

벗기고
가르고
꺼내고
부수고
던져버린다

독수리 한 마리
영혼을 입에 물고
휙, 하늘로 날아오른다

죽음이 보이지 않는다

카푸친 수도원

세상 영화는
뼈뿐이라며
평생 뼈를 위해 살다
죽어서도
뼈와 뼈로 이웃하며 살고 있는
저 가난한 수도사들!
뼈의 몸으로 일어나
남루한 수의修衣 한 벌 걸치고 서서
저 어둠의 심연을
뚫어져라 바라보는 텅 빈 수도사의 두 눈구멍!

폼페이

참 자유는
어디에 있을까

시저의 금보좌 위에
원로원 화려한 만찬 자리에, 아니면
로마의 달빛 아래에서
은밀한 유혹의 밤
육정肉情 불태우는 귀부인의 침실 안에 있을까

어디에 있을까

시저의 자유를 찾아
검 휘두르며
쓰러져 가는 노예의 날쌘 몸짓에

앞다투어 달음질하는 콜로세움 전차 안에 있을까

폼페이, 외진 천민의 오두막집
그 천민의 상 아래에서 떨어지는 부스러기 갈망하던,

쏟아진 화산재 더미에 이미 산 돌이 되어 버린
수로보니게 여인의 참 자유!

주인의 이부자리 밑에 들어와
네발 활짝 하늘 향한 채
벌러덩 누워 버린

애완견, 이 참 노예의,

모나리자

유리 방호막에 싸여
왁자지껄 나그네들 소음에 싸여

너의 장인丈人도
너의 주인도 찾을 길 없건만
지금껏 너는 살아
무엇을 그리도 바라보고 있느냐

이 세상에 몸 둔 채
이승을 조롱하는 듯
케이론 강을 비웃는 듯

영원의 주인을 바라보는
저 슬프고도 도도한

눈동자!

부란덴부르그

소리쳐 외쳐라

어둠과 빛의 땅
가로막은 장벽 무너지리니

총칼 거두어라

사망의 땅
생명에 삼켜지리니

너와 나
참 자유의 횃불 되어
온밤, 춤추며 노래하리니

갠지스강

- 바라나시

산 자는 산 대로
죽은 자는 죽은 대로
모두, 산 자의 강입니다
몸 씻어 죄 씻고
뼈 뿌려 죽음을 씻는
살아 있는 티끌들의 강입니다
해 뜨는 아침이면
불의 강입니다

힌두인
- 놋뱀

땅에 엎드려
손톱으로
속죄의 예 표하고

일어서서
한 발 나아가
속죄의 자리에 발가락 놓고는
다시 엎드려
거듭 속죄의 표 하고

일어났다 엎드렸다
한 걸음 한 걸음
1미터씩 1킬로미터씩

카르마의 짐 벗고
아트만을 찾아 브라만을 찾아

놋뱀은 보이지를 않고

풍장風葬

나 떠나는 날

살과 피
뼈와 내장 모두
빛과 바람에 내어 주고

티끌로는 돌아가지 않으리라
불 속에도 들어가지는 않으리라

죽어서도 바위와 한 몸이 되리라

미얀마

황금 햇살 아래
동자승들이 줄지어 가고 있구나

황토 육신,
황금 옷 두르고
타박타박
탁발의 맨발 걸음 가고 있구나

두개골,
황금 발우 품에 안고
자박자박
황금 사원 안으로 사라져 가고 있구나

에스키모
-이글루

너는 누구냐

죄 없는
광야 한복판
흰 만나 동굴에 살면서

뼈 헤집는
가시 추위 옷으로 안고
밤이면
수정 창가 찾아온
오로라 친구 삼아

새 하늘 꿈을 꾸다

이른 아침
무덤 문 열고 나오는

너는 누구냐

그랜드캐니언
-줄타기

차안에서
피안으로 건너는 생의 외길

아래로도
뒤돌아보지도 말고
앞엣것만 바라보며 나아가거라

교만 한 줌
욕심 두 줌
불신 세 줌 몸 밖 내던지고

세상 흔들고 길 흔들려도
바람에 길 묻고
하늘 몸짓에 귀 기울이며

외줄에 걸린 생명줄 믿고

한 발짝 한 발짝
사망의 골짜기 너머
붉은 반석 향해 나아가거라

여권

이 여권 소지인이
아무 지장 없이 통행할 수 있도록 하여 주시고
필요한 모든 편의 및 보호를 베풀어 주실 것을
관계자 여러분께 요청합니다

콜로세움

황금 옷 입고
보좌에 앉은
황제의 손가락 따라
원수들 개가 소리 하늘을 찌르고

문 열리자
포효하며 쏟아져 나오는 사자 떼들
산 찢고 뼈 부수고
내 심장의 피를 마셨구나

원수들 옥에 갇히고
가이사도, 무리의 환성도 보이지 않는데

텅 빈
이끼 낀 콜로세움 하늘 위
피의 옷 입고
금 홀 들고 서 있는 그대는 누구인가

지구별

은하계 별은 보석 덩어리란다
우주 한편
지구별 한 모퉁이
하등품 네팔이 크게 금이 갔단다
그 틈을 타
어린 부녀들 매매하는 사람들 있단다
물구나무서서
지구를 털이 하여 간 것이다
다 돈 때문이다 워싱턴 때문이다
솔로몬이 입은 옷도
들에 핀 백합화가 입은 옷에 비하면
누더기라는데
우주에서 바라본 지구는
반짝이는, 작은 비취별이라는데
금고를 위해 핵을 만들고
오늘도, 바다의 등짝에 빨대를 꽂아
문드러진 내장의 체액을 빨아들인다
평생 일하고
무일푼으로 쫓거난

비정규직, 지구별의 어깨를 토닥이다
와락, 내가 잠든 비취 무덤을 끌어안는다

반다브가르

원숭이 한 마리
무화과 나뭇가지에 걸터앉아
열매를 따 먹습니다
똥을 눕니다
나무 아래 쇠똥구리 부부
뻘뻘, 집으로 똥을 굴려 갑니다
똥 침실에서 짝짓기를 합니다
땅굴 위로
무화과 싹이 태어납니다
무화과 싹이 자라
사원의 기둥을 휘감고 하늘로 솟아오릅니다
브라만의 순례객들이 무화과 아래를 서성입니다

사바나
-물소

사자 한 마리
어린 물소에게 달려듭니다
껌벅껌벅 어미 물소
맹렬한 뿔 앞세우고 좇아옵니다
송곳 이빨 거둔 사자 도망을 갑니다
스틱스 강 빠져나온
어린 물소 망연히 바람을 바라봅니다
어미 물소 달려와
낭자한 새끼의 육신 핥아 줍니다
살았습니다
껌벅껌벅 순한 걸음으로 일어났습니다
소등쪼기새 몇 마리
어미 물소 등 쪼아 대며 잘했다 잘했다 박수합니다
나무 위 잔나비들도 소리치며 기뻐합니다
누우 떼 얼룩말 해갈하는 늪에서도
수련 한 송이 몸 흔들어 대며 웃고 있습니다
사자 떼만 사라지면
사바나의 세계도 천국입니다

II부

승천昇天

티끌로 태어나

새벽 별 반짝이는 들길 걷다가
홀연히 구름옷 갈아입고

징검다리, 달 건너
궁창 대문 열고서는

개울 건너편, 하늘 집으로 이사 간 사람

청사포

해 뜨는 아침

막 이부자리 개고 하품하는
청사포 동해 바라보니

태평양 횡단 고속도로가 놓여 있다

아직은
지상의 슈퍼 낙원, 아메리카로 가는 길이다

하늘 가는 황금 길이다

땀

태초의 배아胚芽, 물을 품은
아담의 속앓이

땀이 핏방울이 되면

생명

다비식

-사리

영원을 위해
허무를 태웁니다

나의 육신
제단에 드리오니

받으소서

불타지 않는
영롱한 영혼, 바치리이다

서편제

너를 찾아 찾아 산천을 떠돌았네
달빛 적요로운 들길 헤매었네

눈멀어도 찾을 길 없었네
귀가 먹으니 소리가 들려오네
소리 너머 말이 보이네

줄탁

씨줄과 날줄로
엮인 티끌이 꿈틀거린다
줄 줄 줄
산통하며 연신 부리를 쪼아 댄다

어둠 밖에서
황급히 찾아온 부리 하나
탁,
두꺼운 사망의 껍질은 깨어지고

숨통이 열린다
하늘이 열린다

생명 기다리던
아버지의 얼굴이 보인다

날개 아래 살지만
아직 새 하늘은 멀리 있다

동백꽃

툭,
목이 꺾였다

땅은
붉은 피를 받고

하늘도
붉게 울었다

핏덩이들이
지천에 널려 있다

뒷짐

뒷짐을 지고
길 가던 늙으신 아버지는
십 년 전 먼저 하늘로 걸어 들어가시고
아버지 닮은 한 노인, 안개 어둑한 저녁 길을 걷고 있다

언뜻 보면, 교만한 듯 보이지만
저녁을 사는 노인들에게는 안성맞춤인 모양새다

나이 들수록 허리에 힘 빠져
땅으로 고개 숙일 수밖에 없어, 그래도
꼿꼿이 살아 보겠다고 뒷짐 지는 것이 아니다

황제 앞에 선 군병처럼, 최고로 경외하는 예禮의 모습이다

대낮을 사는 젊음은
뒷짐을 질 수도 없고 지어지지도 않는다

닭백숙

옷을 벗기고 목을 친다
벼슬도 없애고 발목을 끊는다
날개는 있어도 도망갈 수 없는 죽은 사형수
내장 적출된 나신裸身은 백의의 천사
비우고 비운 무욕의 화신
온몸을 물로 씻긴다
제수祭水에 던져 넣고
가스레인지 제단 불 활활 태워
펄펄, 뼈의 흉터까지 녹인다
절규하는 닭 울음소리
누가 벼슬 행세한다더냐
누가 도망간다더냐
새벽을 알린 죄밖에 무슨 죄가 있느냐

절규
-뭉크

붉은 하늘
피 끓는 뜨거움에도

시퍼런 협만
삼킬 듯한 차가움에도

무의미한
나그네들 발걸음에

고막이 터질 듯한 외로움만큼

고난
-바둑

물릴 수도
바꿔치기할 수도 없는,
선수를 빼앗긴 채
더듬거리며 메꾸어 가는
생의 한 점 한 점

고수 앞에
초읽기에 몰리며
불계패를 목전에 둔
덤이 없는 흑백의 반상

장고 끝에
착점한 신의 한 수

개가를 부르던
알파고는 돌을 던지고

복기의 시간
한 점, 흰 돌은 더욱 빛나고

스트라디바리

로키산맥
삼천 미터에 있는 수목한계선

숨 쉴 수조차 없는
절망과 소망의 경계선

무릎을 꿇는다

무릎 꿇은 나무는
스트라디바리로 태어나 무대에 선다

백자白磁

그대의 손가락
물레에 온몸 맡기리이다

깨어지고 부서져도
그대 위해서라면
불 속에라도 들어가리이다

희고 빈 마음
지족의 부요로 옷 입고

그대의 내실
순백의 그릇으로 놓이리이다

한 줌 티끌임을 잊지 않으리이다

한지韓紙
-닥나무

깎여지고
삶기어지고
씻겨지고
매 맞고
풀어지고
뜨여지고
말리어져서

온몸으로 님의 말씀 받겠습니다

석류

짙은 고독
긴 어둠에 찔린

선혈로 영근 속사람

굳은
육신 깨치고

툭,
터진 날

하늘이 열렸다

피뢰침

님 향해
밤낮으로 깨어 있으리이다

온몸으로 받아
님의 전언傳言
세상에 흘려보내리이다

한 생명 살릴 수 있다면

나의 심장을 쪼개고
내 영혼을 부수어 주소서

등대

만선이 아니어도
빈 그물이어도

돌아만 오라

파선을 해도
좋으니

살아만 오라

운전

가거라

경고등에는 주의하거라

적당히 세상과 거리 두고

네가 알 수 없는 사각 있음을 항상 유념하거라

어둔 터널 오거든 전조등 켜고

오르막길에는 전심 다하고 내리막길에는 힘을 빼거라

모두 넓은 길로 가도

집으로 가는 네 길은 좁은 골목임을 잊지 말거라

길이 꽉 막혀 꼼짝없을 때는

길의 소리를 듣고, 한 번쯤

멀리, 길의 얼굴 살펴보거라

갈림길에서는 속도 줄이고 표지판에 유의하거라

길이 길 안내함을 믿고 가거라

항상 길 앞에 겸손하고

길 탓 말고 길을 사랑하거라

길에는 끝이 있음을 명심하거라

입구에서 빼 든 통행료, 출구에서 계산하는 일 잊지 말거라

발인

몸 씻고
삼베옷 입고
옻칠 방주, 꽃가마 타고

티끌로 시집가는 날

화관 쓰고
붉은 피, 곤지 찍고
혼서 품에 안고

곤룡포 입고
사모관대 쓰고
조랑말 타고 온 신랑 따라

하늘 초례청 시집가는 날

단풍

봄바람에 깨어나
한바탕 살다가
미련도 슬픔도 없이
햇살에 알몸 맡긴 채
남은 하루, 불태우다 가는 거지 뭐
안으로 안으로만 삭인 그리움
그렇게, 훨훨
하늘로 가는 거지 뭐
칼바람, 회초리 때리겠지만
그날엔
사락사락, 흰옷도 입혀 주실 거라

번지점프

바람에 몸 맡기고
몸과 영혼을 내던진다
육신은
하늘의 노예가 되고
갇혀 있던 영혼이
출렁,
하늘로 솟아오른다
순간,
육신은 바람이 되고
속박한 생명줄은 참 자유가 된다

억새

너는
외로워도 외롭지 않겠다

하얀 춤
출 수 있어서 좋겠다

연리지

뿌리가 다른
나, 그대를 만나
옹이 딛고 지금껏 살아왔구나

살았으나 죽은 나
죽었으나
살아 있는 그대를 만나

살아도
죽어도

그대 내 안에
나 그대 안에

온전한 한 몸 되어
천 년을 살아가겠구나

탈북민

어둠과 절망
주림과 목마름의 옷 입고
요단 건너
동북 성 이르니

여기 또한
멸시와 눈물
서슬 퍼런 사망의 광야로구나

광야 지나
마침내 다다른 곳
배부름과 해갈의 땅 찾아왔건만

보고픈 얼굴들
얼싸안고 춤출

참 지유의 나라는 이디에 있는가

그물

요리조리
도망 다니다

너에게 걸려
빠져나올 수 없다

리워야단도
삼킬 수가 없다

환히, 하늘 보이는
창살 촘촘한 감옥이다

죽었다
살았다

현대인의 일상
-목욕탕

문 열고 들어서면서
구두를 맡기고는 발을 씻는다
홀러덩 세상 벗고 보니
여기는 에덴동산
벌거벗었으나 부끄러워하지 않는 지상낙원
이발사에게 일 개월 속세의 무게를 내려놓고
귀지를 후비며 말을 담고
입 헹구며 말을 씻고는
시저의 타월로 힘껏 때를 씻는다 죄를 민다
사우나실은 낙원 속의 낙원
하늘 향해 모공의 창 활짝 열리니
중국발 황사 한국발 미세먼지 일본발 낙진 쫓겨나는 신음 소리
모조리 쫓겨난다 내장의 노폐물까지
한 점 부끄럼 없기까지 떠나간다
가쁜 숨 몰아쉬며
묻은 때, 묻힌 때 깨끗이 씻고
빡빡 마음도 씻고
옷 갈아입고 목욕탕 문 나선다

문상

어제는
조문객이더니
오늘은 상주가 되었네

내일이면
관의 주인 되고
이틀 후엔 하늘의 주인 되겠네

가을엔

가을엔
야윈 햇살 아래 누운 낙엽을 줍자

메마른
실핏줄에 묻은
웃음과 울음을 읽고 가난한 마음을 줍자

깊은 밤
님과 함께 귀향의 책 넘기다
울어 대는
귀뚜리 소리에 잠 깨어
초롱불 들고 문설주와 인방 곁으로 가자

겨울 오기 전
살진 백마 타고 높고 푸른 하늘을 줍자

겨울 폭포

흐르는 대로
떠밀려 사느니
차라리 바위와 한 몸 되리라

수다 대신 고독을 배우며

추운 세상
맨살 부비며 얼싸안고
잠시 머물다 떠나가리라

흰옷 입고 하늘로 돌아가리라

논개

나, 비록
신랑 아닌 신랑 벗 삼아
죄의 몸 살아왔지만

이대로 살 수는 없으리

너를 품고 죽어
죽음의 강,
생명의 젖줄 될 수 있다면
몸 던져 바람 되어 살 수 있다면

몸 씻고
향유 바르고
고운 수의 차려입고

바위 벗 삼아

오늘 밤
어둠에 몸 던져 죽고야 말리라
촉석루 환한 새벽 별로 피어나리라

가인

하늘 잃어버린
아담의 피를 받은 가인아

너는 어디에 있느냐

핏소리 외면한 채
땅마저 잃어버리고
에녹 성 안 웅크리고 앉은 가인아

네 아우 아벨은 어디 있느냐

아들의 이름으로
잃은 하늘 찾으려느냐

땅 토하여 내고
하늘도 거부한 인자를 바라보거라

생명의 소리
-에밀레종

나 죽어
소리가 될 수 있다면
불못에라도 들어가리라

살과 뼈 녹고
영혼까지 녹아
생명의 소리 될 수 있다면
불못에라도 들어가리라

비울수록
고난의 매 맞을수록
맑고 큰 울림 낼 수 있다면

참고 참아
비우고 비워
버림으로 얻는 부활이 되리라

천 년의 살아 있는 경전 되리라

정오의 참회록
-애완견

복아
네 흘린 눈물에
먼지 묻어 죄로 피어났구나

이리 오너라
아~앙

그러지 말고
네 더러움 내게 맡기거라
상쾌하게 살 수 있단다

으~엉

복아
그래도 나는 너를 사랑한단다
네, 비록
천한 개의 신분이지만
나에게는 둘도 없는

사랑하는 아들이기 때문이란다

으르렁

다락방

다락방으로 가자

떡 떼고
잔 나누며
살아 있는 다밥*을 먹자

배신의 몸부림
흰 눈물로 떨치고
바닷가 첫사랑에 몸 씻고
의심과 무능, 절망의 걸음 돌려

다락방으로 가자

찢어진 휘장 사이
불의 비 쏟아지는 날

덴 몸으로

조롱의 화살,

증오의 창날 맞으러

얼음 영혼들 앞에 무릎을 꿇자

* '혼밥'의 대칭어로 '다 같이 밥을 먹음' 의미

시시포스

바위를 굴리거라

하늘에도
땅 위에서도
한 발짝 쉴 곳 없어도
땀방울 헤아리며 무작정 굴려 보거라

저만치, 구름 한 점

골짜기 메워지고
높은 산 평지 되는
네 안식의 날 손짓하지 않느냐
베로니카의
피 묻은 손수건 보이지 않느냐

바위 위, 매달려 보거라

죽음의 바위
산 돌이 되고
네 노역 숨 쉬는 날 속히 오리라

홍시

양식 나눌
숟가락 품에 안고 태어나

하늘 이슬에 젖고
목마른 광야의 폭염,
비난의 거센 풍우 맞으며

익을 대로 익고
삭고 삭아 흐물흐물해진

겉과 속이 한결같은

나무에 매달린
먹기에 좋은 메시야의 심장

들꽃

보는 이 없어도

들꽃이라서

제자리에 피어나
분향의 제사 드리고 서 있다

하늘은 알고 있다

부관참시 剖棺斬屍
-연산군

원한은 하늘의 몫

무덤을 열고
백골로 돌아간
원수의 심장에 칼을 대다니

목관 열고
티끌로 돌아간
자신의 심장에 칼을 꽂다니

원한은 하늘의 몫

아침 산책길

고촌 길 걸으면
어릴 적
토끼풀 꽃반지 끼워 주던
소꿉아내 숙이 만날 수 있어 좋다

길가에는
무명한 자 같으나 유명한
없는 자 같으나 부한 자들이
서로의 어깨들 부비며 서 있다
누런 겨울의 베옷 벗고
푸른 생명의 옷 입고 살아가고 있다

모든 살아 있는 것들은 흔들리는가

바람이 불자
연신 하늘의 구름 향해 춤추며 화답한다

재灾의 날
주인의 기운 불면

풀은 마르고 꽃은 시드나
새봄이 오면
영원한 주인의 말씀으로 갈아입을 것이다

수줍은 미소, 숙이는
지금도 토끼풀 꽃처럼 살아 있을까
실로암 묘원 한 송이 할미꽃으로 피어났을까

5월 소묘素描

시냇물은
가도 가도 채울 길 없는 바다 보지 말고
바람 따라 빛 따라
위의 것 바라보며 살라 하고

저만치 나비는
살랑살랑 발 들고
하늘하늘 나그네로 이 땅 살라 하네

이팝꽃은
아파도 슬퍼도
하얀 하늘 냄새로 살라 하고

가지 위 새는
아랫것 내려놓고
지지배배 지지배배 감사로 살라 하네

게으름뱅이의 랍비
양식 준비하는 개미는

아뿔싸, 걸음 조심하며 살라 소리치고

독한 풀 모기는
빛 없는 그 밤 위해
깨어라 깨어 있으라 소리 없이 침놓고 가네

남포동

거리에는
언제나 사람들로 넘쳐 나고
알 수 없는 외로움에
서로의 어깨를 부비며 저녁 어스름을 걷고 있다

80년 초
매캐한 최루 가스 내음도
로마 병정 군화 소리도
자유 갈구하던 군중들의 함성도 찾을 길 없고

우리 안에 천사가 만든 커피 향 내음
똑딱거리는 신사 숙녀 구두 소리만 요란하고
그날, 혼돈의 밤 내내
검은 둥지 갇혀 털갈이하던
친구들 모습도 더 이상 만날 길이 없다

2024년 어스름
남포동 거리에는
천 년을 산다 해도, 고작

공생애에 일 년 남짓 덤으로 사는 인생들로 넘쳐 나고

오늘도
알 수 없는 외로움에
서로의 옷깃 부비며 바람 부는 돌로로사를 걷고 있다

못
-십자가

살 헤집고 몸 뚫으며
증오와 조롱,
배신과 허무의 망치질로
네 뼈를 쪼개고 영혼까지 부수어 버리리라

뼈 헤아리며
세포의 숨 모두 닫히고
땅 갈라지고 바위 터지고
해마저 빛을 잃을지라도

찢어진 휘장 위
닫힌 하늘 열리고
죄 패 아래
창날에 찔린 네 옆구리에서
언약의 자식들 무덤 문 열고 나올지라도

목마른
해골의 언덕 위에
끝 날까지 너를 세워 두고 말리라

밑동

몸을 잃어
드러난 영혼의 속살

몸은 없어도 살아 있는 생명

Ⅲ부

우화등선羽化登仙
-매미

굼벵이 같은 사람이었습니다
오랜 날 어둠 속에 살았는데요
하늘 나는 몸을 얻었답니다
한 철만 노래하다 갈게요
죽음이 슬퍼 우는 것 아니구요
짝이 너무 그리워서입니다

연어

넓고 푸른
야망 버리고

노도怒濤와
리워야단 아귀 지나

돌아가리라

포근한 언약의 돌
맑은 생수 흘러내리는 그곳

조상들
뼈 내음 손짓하는
그곳에, 내 육신 누이고 말리라

백로

시린 강물에
여린 발 하나 내렸다 들었다
하늘로 날아올랐다
흰 몸이었다

귀뚜라미

지난해, 내내

혼자만이 아는
은밀한 곳에 숨어 있다가

중력重力의 신음信音에 잠 깨고 일어나

어김없이 울음으로
신음神音의 비밀을 알리는

가을의 파수꾼

탁란托卵

너에 의해 쫓겨나

태어나자마자
버림받은
내 아들의 둥지에서

품은 날개로
뱀의 혀끝에서 건져 내고
양식으로 배 불리며
눈 띄우고
살찌우며
마침내 하늘을 날게 하였구나

둥지 떠난 내 아들아

너는 나를 알지 못할지라도
나는 너를 알았노라

지금도 기다리노니

아들아

어서, 네 아비의 집으로 돌아오거라

달팽이

평생에
태어나면서 입은 장막
떠날 수 없어

장막 하나
짐 진 채
하늘 한번 못 보고

더듬더듬
기우뚱기우뚱
몇 발 내디디며 살다

죽어서야
짐 벗고 영생하는 내 영혼아

새

새 한 마리
바람에 안겨
길을 만들며 날아간다

보이지 않는 길 따라
보이는 하늘을 찾아간다

텅 빈 하늘에도
새들이 나는 것을 보면 길이 있다

가야 할 길
지나온 길, 모두
새의 몸에는 담겨 있다

어둔 밤에도
새가 길을 잃지 않는 것은
둥지를 그리워하며 날기 때문이다

투명 물고기

실오라기 하나
걸치지 않고

육이 싫어
살을 버리고

속까지 훤히
비워 버린 사람

마음이 보일 듯 보이지 않는다

남극의 눈물

- 펭귄

날개가 있어도
날개를 버리고

눈보라, 삭풍
갈보리 언덕 위에 꿋꿋이 선
작은 예수들

내 자녀는 내가 아나니

함께 있음으로
십자가는 점점 뜨거워지고

죽음의 밤은 새 아침을 맞고

경칩

일어나거라

달음질하는 백마의
채찍 소리가 들리지 않느냐

칠흑 같은
사망의 잠에 웅크린 사람아

이제, 봄의 옷
갈아입고 나오거라

겨울은 목이 꺾였나니

올빼미

밤을 보고
낮을 볼 수 없는 사람아

밤은 낮의 겸손

볼 수 없다 하니
어둠을 보고
어둠을 보니 빛도 보고 사는구나

속에 등불 켜고
눈 닫고
귀 감고
낮 지나 밤이 오면

솔바람 따라
이슬의 내음 듣는
밤이 없는 세상에서 사는 사람아

너는 행복자로다

기린

가시덤불 양식 삼고
온몸 구푸려 목마름 채우며

네발 딛고 살지만
땅이 싫어
긴 다리 곧추세우고 선 사람아

하늘이 좋아

뻗고 뻗어도
늘이고 늘여도
하늘 닿을 수 없어

하늘에도
땅에도
마음 둘 곳 몰라

먼 들판
바라다보고 선 내 사람아

지하철 거미

자신의 몸에서 뱉어 낸
희고도 가는
생명의 외줄에 매달려
스멀스멀 하늘로 기어오른다

한바탕 숨을 쏟아 놓고 싶었다

쪼르르
티끌로 내려앉은 녀석 향해
또다시 심술궂은 큰 숨을 내뱉는다
음녀의 입김에
작은 흙덩이가 된 검은 주검

땅의 사슬에 매여
전철에 실린 덩치 큰 죽음 하나

짐승의 센 바람 맞서려고
위에서 드리워진
가늘고 흰 생명줄을 바싹 붙든다

알바트로스

낚싯배 내던지는
죽을 양식 먹으며

날개 있어도
날지 못해
뒤뚱뒤뚱, 안일의 몸짓
조롱의 걸음 걸으며
헛된 육신의 날갯짓 생이었구나

저기 달려오는
하늘의 거친 숨 바라보아라

모두가 숨죽인
절망의 벼랑 끝 다가가
활짝, 두 날개 펼치고
사망의 노도 박차고 하늘에 몸 맡기거라

성난 하늘,
태풍의 아들 되어
흰옷 입고 죽음의 온 세상 내려다보거라

지렁이

흑암의 땅속
부정한 죄 먹고 사는
지렁이 같은 너 야곱아

한평생
빛도 비도 싫어
온몸 꿈틀대며 거역하지만

사망의 땅에
산 숨길 내어
살아 있는 것들의 아비 되고

물음표,
십자가에 못 박혀
주인의 양식 거두는

너는 행복한 추수꾼이로다

들소
-씨엔립

아득한 들판

고삐에 매여
울음 우는 들소

소 울음이 억수비로 쏟아진다

집의 길 훤한데
주인은 아직도 오지 않고 있다

걸음마 누우

어미 엉덩이에
양막, 배내옷 입은 핏덩이
툭, 하고 땅바닥에 나뒹굽니다
엉금뒤뚱 뒤뚱엉금
굽은 바지랑대 일으켜 허공을 만져 봅니다
잽싼 이빨 암사자
후려치다 어르다,
가시 발톱질 희롱당하다
죽음도 모른 채
하데스의 구멍 속 사라져 갑니다
어미 누우, 망연히
시간의 무덤을 바라다보고 섰습니다
워엉,
죽음을 가르쳐 주세요

극락조

가지를 오가며
온맘 다해 처소 준비하고
황금 날개 펼치고는 춤추며 구애한다

암컷은 아랑곳하지 않는다

면류관 쓰고
애타게 갈구하는
한껏 벌린 선혈의 목젖 깊음에서
뽀얀
수컷의 영혼이 허공에 흩어지고 있다

암컷은 아랑곳하지 않는다

IV부

코로나

내가 왔다

손 씻고
입술 가리고
비파와 수금 소리를 그치거라

내버려진 주검들
바알의 제단 위 불태웠으니
몸에 재灾 뿌리고
이마에 표 받고 도피성 들어가거라

하늘길도 닫았으니

이제라도, 베옷 입고
오르난 타작 마당으로 올라가거라

천수답

비를 주소서

강을 버려
눈 높고
목 곧아져 목이 마릅니다

한 걸음 한 걸음
하늘 가까우나
아득하여 목이 마릅니다

웅덩이 파지 않고
티끌로 생수 품고
진흙 덩이로 알곡들 해산하리니

기경되지 못한 땅
봄비 때에 소낙비 내려 주소서

나신裸身
-부산 시립미술관에서

저기
벌거벗은 아담이
차렷의 몸짓으로
태초의 하늘 아래 서 있다

벗었으나
부끄러움 모른 채

속과 겉이 환한
땀 묻지 않은 티끌로
정결한 바람의 소리 앞에 서 있다

이브 없는 말씀이
옆구리의 생명 만날 날 손꼽으며
바람에 섞인
유혹의 말 환히 바라보며 서 있다

하늘 위해 세상을 향한 출정식에 서 있다

그림자

그림자로 태어나
그림자 양식 먹고
그림자 옷 입고 자라나
그림자와 한 몸 이루어
그림자 낳고 기르다
그림자처럼 사라지는
그림자야, 너는 어디로 갔느냐

산통

가인의 땅
첫걸음 내디딘 영혼아

산통 없이는
다시 날 수 없더냐

무덤 지나서야 하늘 왔느냐

우물
-박수근의 우물을 보고

샘이
목이 말라
우물곁에 앉아
목마른 여인에게 물을 건넨다

내동댕이쳐진
물동이와 두레박 너머
온 동네는 흠뻑
여인의 배에서 생수를 들이켜고

외눈으로
하늘 향한 우물은
정오의 대낮 아래 모처럼 해갈을 한다

저울

저울판에
한 영혼이 담긴다

크고 작은
추들이 저울판에 놓인다

믿었느냐
닦았느냐
살았느냐

저울이 수평을 이룬다

말이 없는 시간이다

병문안

다급한 부인의 전화
간염을 앓던 남편이 며칠을 넘기지 못할 거란다

혼수의 잠꼬대하던 친구
벌떡 눈뜨고 더듬거리며 하는 말
양어깨 왼쪽 무릎이
치(齒) 신경 드릴로 뚫어 대듯 제일 아프단다

내 젊을 때
골프하며 거들먹거릴 때
그때, 제일 힘주던

에코

너는
어찌하여 흙을 사모했느냐
어찌하여 너는
지나가는 바람을 사모했느냐
네 안에 참 목소리 있지 않더냐
어찌하여 너는
죽을 몸 그리움으로 가득했더냐
샘 곁 가 보아라
지금 네 사랑 어디에 있느냐
들어 보아라
터진 웅덩이 곁
참 목소리 너를 부르지 않느냐

풀꽃

-당포 山城에서

포세이돈의 화마火魔

조선의 봉화 잦아든 언덕

아무도 찾아오지 않아도 좋다

검은 구름

긴 흑암의 날이라도

달빛 적막의 밤이라도

바람 친구 하나 있어서 좋다

이렇게 하늘 아래에서 춤추며 노래하다

몸 누일 티끌,

갈아입을 새 몸 있어서 좋다

피바다 찾을 길 없는

유리 바다 빛나는

황금 집 하나 있어서 더욱 좋다

들풀

부르지도 않았건만
너 나에게 찾아온 날
출렁, 온몸이 하늘을 나는 듯

귀와 눈 열리고
세포 하나하나에 불이 붙더니

어제를 토하여 내고
오늘과 내일을 기뻐하며
너와 나 한 몸이 되더니

출렁, 너 떠나는 날
네 모습 보이지 않아도
열린 눈 열린 귀로 너를 보고 듣고

나 떠나는 날
떠난 자리에 너의 온기와 진동은 여전하고

조금은 보이네

일 년 후면
아들 품에 안을
그랄로 이사 간 아브라함 이제야 알겠네
보이지도 만져지지도 않는
공기 같은 언약 기다리다
입덧 감감한 자궁
사라를 누이라 한 아브라함 이제야 알겠네
나도야
그랄 이삿짐 틈틈이 준비해 놓고
한 점 구름조차 없는
이삭 포기하고 떠나려는데
때가 차매 말씀은
죽은 아브라함에게 하늘을 주었구나
"이 아들은 내 것이 아니야!"
아브라함의 심장에 모리아 제단 놓여지고
제물로 바쳐라 하시니
주인의 것 주인에게 돌려 드렸네
나도야 나도야
아브라함의 그 믿음 이제야 조금은 보이네

죽음

타고르는 어머니의 오른 젖가슴을 빨던 아이를 떼어 내면 왼쪽 젖가슴에서 위안을 얻고 울음을 그치는 것이 죽음이라 했다. 죽음은 오른쪽 젖가슴에서 왼쪽 젖가슴으로 이사 가는 것. 나의 어릴 적 희미한 기억, 어머니의 젖가슴을 울음으로 물들인 탄생의 기억. 잠시 후 죽음이 오면 찾으려야 찾을 길 없는 이미 잃어버린 어머니의 젖가슴. 울음 그치고 위안 얻을 젖가슴의 부재. 어머니의 왼쪽 젖가슴은 어느 미리내에 있는가!

백목련

긴 겨울
허기와 목마름
황량함과 절망의 나날들
살아 있으나 죽었더니
홀연히 흰옷 입고 찾아왔구나
살바람 이기고
햇살로 살찌우며
단비에 몸 씻고 이슬로 단장하며
어제보다 오늘이 더욱 흠이 없구나
세상에 속했으나
바람에 몸 맡긴 채
너는 지금 무엇을 꿈꾸고 있느냐
잠시 후면
썩을 흙집 벗고 어디로 떠나가려느냐

수선화

-Narcissus

보고 보아도
찾고 찾아도
사랑은 보이질 않네

목마름 목마름으로
스올의 그늘은 깊어만 가는데

이슬 찾아온 날
님프의 사슬은 끊어지고
사랑은 빛 송이로 환히 피어나네
실루엣 마음 한편
언제나 사랑은 숨어 있었네

허물로 허물로
속으로 속으로
사랑의 향기는 짙어 가고
꽃잎은 참 빛으로 옷 갈아입네

나는 하늘을 보고
하늘은 온전히 나를 바라보고 있네

보지 못하니 보고
듣지 못하니 듣고
나를 잃으니 죽음의 샘은 생명의 강이 되네

서피랑
-통영에서

돌이 돌을 만나
돌을 낳는다

태어난 돌은
낳은 돌 모르고
아비 돌은 낳은 돌의 길을 알지 못한다

서로를 알지 못해 빗물로 티끌을 닦아 간다

아흔아홉 계단
벼락당 벼랑 끝
산 돌의 음성을 듣고서야
돌들은 자기를 보고
서로의 마음조차 어루만질 수 있다

옛 돌들 찾을 길 없는
유난히도 황톳빛
시리도록 파아란 한려의 봄 낮

하늘 우러르며

덩그러니

서피랑 망루 받침돌 되어 홀로이 서 있다

아사셀

제비 하나로
잠시 얻은 목숨아

메 본 적 없는
무거운 죄의 짐 지고
누구의 손에 끌려 광야로 나갔더냐

죄 없으나 죄가 된 생명아

양식도 물도 없는
거칠고 메마른 광야 지나
죽음의 벼랑 끝
사망을 안고 스올 향해 곤두박질쳤구나

네 마지막 절규에
내 영혼 산산조각 나뒹굴고

아득한 저 소돔 성에는
살아난 기쁨의 소리들 하늘에 매였구나

염색

아내가
서투른 빗질로 염색을 한다
지난 늙음 위에 갈색 젊은 빗질을 한다

한 가닥 한 가닥
흰 머리카락의 유전자가 새 몸을 입는다

한 달이 지나
새 몸은 이내 헌 옷으로 갈아입고
머리에는 희미한 경계 두고
은혜와 율법의 아수라장이 된다

구스인이 그의 피부를 희게 할 수는 없다

염색 통을 버린다

불법 체류자

입국부터 죄였습니다
생이 죄 덩어리였습니다
불안의 밥
초조의 물 마시며 살았습니다
죄의 씨도 낳았습니다
어느 날, 불현듯
추방의 사슬 풀어진 날
허무와 두려움의 땅은
따스한 아비 품이 되었습니다
언젠가는
돌아갈 가나안 그리며
잠시 머무는 고센 땅이 되었습니다

고목

하늘 눈물에 새싹이 돋아나네

산통의 봄비로 태어나
어둠 마시며 살아온 고목 한 그루

낡은 육신
맑은 영혼으로, 저만치

눈물 맞으며
부끄러운 듯 우두커니 서 있네

눈물

텅 빈
태초의 깊음에서 나온
검은 세포의 알갱이들이

뜨거운 용암으로
휘익, 심장을 휘돌아 솟구쳐 올라

뼈를 씻고
내장을 씻어

말을 바꾸고
얼굴을 바꾸고
걸음을 바꾸는

물과 소금으로 빚은 사랑의 묘약

지진

땅의 구토

신·발

곁길로나
앞서려고나 말거라
항상 내게 붙어 있거라
일 마치고 장막 돌아오거든
현관에서 기다리는 겸손이 되거라
흙탕길 눈보라 외면 말고
낡고 닳아 없어질 때까지
신었으나
벗은 마음으로 살다가
나는 없어지고
주인만 살게 하다가
주인 떠나거든
너도 신 벗고 주인 따라 떠나거라

납골당

며칠 사이
답답기만 한
차디찬 세상 버리고
까아만 눈물도
못 박아 잠그고
프로메테우스의 도가니 지나
한 줌의 밀가루 봉지에 담긴 영혼
바람들에 들려 이사 간
십오 년짜리 영혼의 쪽방촌

IMF

자르면 자를수록
레른의 칠두사처럼
갚을수록 돋아나기만 하는 빚

잠시 숨 돌릴 뿐
돌려막기 할수록
눈덩이처럼 불어나는 빚

개인 회생조차 불가능한 태산 같은 빚더미
오직, 살 길은 파산 신청

파산하는 순간
빚은

탕감의 가면

백합화

꽃 문을 열고
금 방패 시위병들 지나
열두 사자 시립한 층계 오르니
정금 상아 보좌
천의 궁녀들
보이네

국제시장

1·4 후퇴 때

쏟아지는 눈보라
흥남 부두
찢어진 옷소매로 생이별한 아들

"왜 나를 버리고 가셨어요?"
"왜 나를 버리셨나이까!"

액자 속
아버지의 눈이 각혈을 하고 있다

"아버지, 내 약속 잘 지켰지예!"
"이만하면 내 잘 살았지예!"
"근데, 내 진짜 힘들었거든예!"

시집詩集을 시집보내면서—

　사춘기 시절, 나는 빛을 찾아 헤매었다.

　내가 이 세상에 존재하는 이유는 무엇인가! 영원히 흔들림 없이 붙들고 살아가야 할 내 인생의 목적은 무엇인가! 모든 사람이 항복하고야 마는 죽음의 횡포는 또 무슨 연유인가! 나는 이러한 궁극적 생의 질문들에 대한 답을 찾아 헤매었다. 니이체와 쇼펜하우어, 사르트르와 까뮈들을 스승 삼고 방황의 몸부림과 고독의 한숨으로 사춘기의 날들을 털갈이하며 지내었다. 여름이면, 때때로 동네 앞산에 올라 하루 종일 하늘을 바라보며 그 답의 흔적 찾아 고뇌하였다. 황혼 녘 집으로 돌아오는 길이면, 황톳길 위에서 분주히 먹이 나르는 죄 없는 개미들을 바라보면서 자신을 한없이 부끄러워하기도 하는 그런 날들을 보내었다.

　흑암뿐이었다. 이브를 만났다. 가인을 낳고 가정을 이루었다. 겉보기에는 손색없는 행복한 에덴의 모습들이었다. 하지만, 셋을 주시는 주인을 만나기까지, 내 마음은 여전히 채울 길 없는 텅 빈 흑암뿐이었다. 하늘과 땅의 것들로 다 채워도 채울 길 없는 끝 모를 혼돈과 공허의 나날들이었다.

주인이 찾아왔다.

주인 만난 날, 나는 즉시 가시채로 뒷발질당하던 주인의 무릎 앞에 꼬꾸라졌다. 그간의 모든 교만과 불신, 방황과 허무, 의심의 검은 누더기 옷들을 떨쳐버렸다. 삭개오처럼 주인만을 섬기고자 주인의 뒤를 붙좇았다. 칠 년여간, 루시퍼 없는 에덴 동산에 사는 뜨거운 첫사랑의 시간들을 보내었다.

그 후, 주인은 나를 그의 참 벗으로 빚어 가기를 원하셨다. 내 속에 있는 불신과 냉혹함, 바알 향한 욕정과 만나에 대한 불평, 모 공에까지 뿌리내린 골리앗의 교만함과 은밀한 죄악들을 현미경 으로 보듯 낱낱이 보게 하셨다. 다른 사람을 살리기는커녕, 내 자 신조차 주인 없이는 한순간도 살아갈 수 없는 연약한 티끌임을 알게 하셨다. 내 자신의 추악한 죄악을 태우고 씻기 위해 물과 불 을 지나는 풀무불 광야의 노정을 걸어가게 하셨다.

노래할 수밖에 없었다.

주인을 노래하고, 나의 가인 됨을 노래할 수밖에 없었다. 하늘 을 노래하고, 오늘도 아비 집 떠난 바벨의 후예들을 애타게 부르 시는 주인의 사랑을 노래할 수밖에 없었다. 그 노래들을, 외동딸 같은 그 노래들을 세상에 시집보내기 위해 마침내 조심스레 한군 데 모아 보았다. 詩가 스올로 사라져 가는 메마른 이 땅에서, 부득이 다윗의 노래들을 뮤즈의 예복으로 입혀 보았다.

　풀과 산악이 박수하며 주인을 노래하듯, 미약하나마 이 작은 노래들이, 수고로움과 무의미에 지친 이 땅의 작은 자들에게 소박한 혼인 예복으로 입혀지기를 소망한다. 잔치의 즐거움으로 주인을 노래하는 생이 되기를 간절히 소망한다.

　차가운 AI가 뜨거운 바알의 심장들과 만나 친구가 된 온 세상이다. 이제 겨울이다. 새것이 없는 해 아래에서 전쟁과 난리, 기근과 재앙의 소식들이 연이어 우리의 귓전을 울리고 있는 겨울이다. 하지만, 겨울의 밤에도 인생들로 하여금 노래하게 하시는 주인이 지금도 이 세상의 주인으로 살아 계신다. 봄에는 겨울을 주시는 주인을 노래하고, 겨울에는 겨울 없는 하늘의 봄을 주신 주인을 노래하자!

2024년 12월 1일

운봉산 자락 다락방에서

추천하면서-

이석문 목사(낮은둥지교회, 낮은둥지공동체 원장)
문예사조, 한국크리스챤문학가협회 회원

라이너 마리아 릴케는

"나비 한 마리가 나는 데도 온 우주 공간이 필요하다"고 말한다.

그렇다. 이상귀 목사님의 시집 **"승천"**에서 하나님을 향한 절규의 신음이 들리고, 낮의 밝음보다 백배나 더한 칠흑의 밤 그 정점에서의 토하는 표효임을 안다.

서정주 시 **"국화 옆에서"**도

"한 송이 국화꽃을 피우기 위해 봄부터 소쩍새는 그렇게 울었나 보다"하였다.

시편 137장 1~2절에도 바벨론으로 끌려간 이스라엘 백성이 노래한다.

"우리가 바벨론의 여러 강변 거기에 앉아서 시온을 기억하며 울었도다. 그중의 버드나무에 우리가 우리의 수금을 걸었나니"

이스라엘 백성이 성전을 그리워하며 노래했지만, 이방인을 위하여는 노래하지 않기 위해 자기 거문고를 버드나무에 걸었다고 한다.

이 **"승천"**의 시들이 하나님께 영광이 되고, 이 땅의 삶에 찌든 사람들에게 그들의 세계가 양파껍질처럼 벗겨지는 기회가 되기를 소망한다.

진심으로 출산을 축하하며 박수를 보낸다.

할렐루야!

ⓒ 이상귀, 2025

초판 1쇄 발행 2025년 1월 19일

지은이   이상귀
펴낸이   이기봉
편집   좋은땅 편집팀
펴낸곳   도서출판 좋은땅
주소   서울특별시 마포구 양화로12길 26 지월드빌딩 (서교동 395-7)
전화   02)374-8616~7
팩스   02)374-8614
이메일   gworldbook@naver.com
홈페이지   www.g-world.co.kr

ISBN   979-11-388-3768-2 (03810)